색색의 알약들을 모아 저울에 올려놓고

이지호

시인의 말

잠시 멈추고 주위를 돌아봅니다.

그 무엇도 하찮지 않습니다.

아무리 흐린 빛도 찾아내 그 쪽을 향하는 해바라기같이

마음의 격을 지킨다는 것

공생하는 인간 호모 심비우스로

나를, 당신을, 동물을, 자연을

색색의 알약들을 모아 덜 아프게 하고 싶습니다.

2021년 8월

이지호

색색의 알약들을 모아 저울에 올려놓고

차례

1부 나머지 계절의 그늘이 말라 간다

2부 아무도 거들떠보지 않는 물소리를 지키는 일

3부 너를 닮은 봄에게 통증을 맡기러 간다

4부 나는 흰민들레를 아리랑 정서라고 부른다

해설

1부

나머지 계절의 그늘이 말라 간다

홀씨의 누각2

먼 소금사막을 건너온 뒤늦은 걸음이다

서쪽과 서쪽은 만날 수 없다

휘어진 등고선에 하현이 차다

어느 우물과 연결되어 있는지 무너지지도 않는다

다만 흔들림으로 견디며 떨어지는 누수

어둠 속에서 색을 빌려 가는 저기

홀씨의 누각1

단 한 사람을 위해 지어진 창

마음을 뽑아 가장 높은 곳에 걸어 둔다
내게 가장 가까운 곳
하나뿐인 세상을 얹어
피곤을 쉬게 한다
숨결 따라 허물어졌다가 다시 지어지는 집 한 채
구름은 날아가는 것의 거처가 된다
뭉쳐 두었다가 한순간 놓아 버리는 창

노크 소리로 뚱뚱해지는 문
벽은 풍경을 옮기려 과거와 미래를 넘나든다
지표면으로부터 떨어져 있다는 것이 때론
위안이 된다

실을 뽑아 집을 짓는 거미, 새벽의 창문에 걸리는 공
중, 걸음이 지나가는 곳마다 투명한 식욕이 들어온다

몽롱한 그물은 풍경을 채집한다
발아래로 모여드는 것이 늘어날수록
날갯짓이 떨어져 쌓여 간다

공중엔 앞과 뒤가 없는 평평한 풍경뿐이다
나를 보려 눈을 감는다

도깨비 시장

반짝 펼쳐졌다 걷히는 새벽 도깨비 시장
　길바닥 사과 궤짝 낡은 옷걸이에 출몰한 도깨비 잡으
러 모인 사람들 온갖 흥정을 쏟아 낸다

　그 옛날 할아버지와 아버지는 허약한 술 한잔에도 도
깨비들과 싸운 길목이 있었다 막걸리 뚜껑 달그락거리
는 소리에 붙어 사람들의 허리춤을 붙잡기도 하고 가을
걷이 끝난 헛헛한 저녁에 매달려 패를 뒤집기도 했다 까
막눈에도 먼 곳의 불빛으로 보이던 도깨비들

　어떤 날은 할머니와 어머니의 속곳 주머니 땡그랑 몇
푼으로 들어 있기도 하고 열무 몇 단의 파릇함에 숨어
있기도 했다 찾는 자와 숨은 자 사이 숨바꼭질을 끝내
는 것은 여명에 가려진 아침 해였다

　도깨비길을 지나간다 시선과 바퀴 사이에 숨어 내려
가는 오르막과 올라오는 내리막을 조종하고 있는 도깨
비, 어물전 생선 눈알같이 바람 부는 방향을 진짜라 믿

었다 진짜배기 흐름은 바람이 아니라 바닥에 또르르 굴
러가는 공 속에 있었는데

    도깨비가 출몰하지 않는 시장
    도깨비들은 다 어디로 갔을까
    뚝딱, 방망이 한 번만 두드리고 싶은

색色을 가지다

푸른 그늘 밑으로 오디가 쏟아진다
생리 중이다
붉게 물든 오디 물이 질기다

뽕나무 사이 숨어서 처음 오디를 따 먹었던
단맛보다 손맛으로 자꾸 따는 습관이
가슴으로 옮겨 오면서
며칠 동안 내 말에는 검붉은 물이 들어 지워지지 않
았다
후드득 떨어지던 열다섯

처음으로 色을 가진다는 것

말은 빙빙 도는 걸 즐겨 기억을 따르지 못한다
어느 풀숲으로 쓰러져도
그 풀숲의 색이 되어야 하는
계절을 몸에 모신다는 것

수평선을 바라보는 의자처럼 바람 속에 오래 있었다
구름을 보고도 문득 色이 찾아오는 날을 세고

개인 날, 나머지 계절의 그늘이 말라 간다
부끄럽지 않다는 듯
소리를 떨어내는 오디의 후일
낮은 달이 나무 사이를 지나는 때
유난히 반짝이는 눈동자가 잠시 한눈을 판다

지금쯤 오디가 후드득 떨어질 때가 되었다

마트료시카

화장대 위 인형이 거울 밖을 내다보고 있다
저 거울 속으로 수백 번 들어간 모습은 한 번도
되돌아 나오지 않았다
점점 작아지는 시간들
몇 겹의 시간을 뚫고 들어가야 할 내부가 깊다
깊은 내부는 가끔 달그락거리는 소리를 내기도 한다

거푸집이다

밖으로 나온 인형들이 부피를 늘려 가고 있다
부풀어 오르는 내부였던 외부
소리가 굴러다니는 내부는 가장 깊은 외부가 부딪히
는 소리다
뚜껑을 열면 조용해지는 소리들
꺼내 놓은 인형의 몸에 윤기 나는 소리가 조악하다
모든 외면이 끝나도 내면은 여전히
냄새나는 소리를 배웅하고 있을 것이다

나는 몇 명의 여자를 거쳐 이곳까지 왔을까

차곡차곡 쌓인 배를 열고 들여다본다
몇 명의 같은 여자가 들어 있는 마트료시카
껍질을 갈아입는 시간
가장 가까운 내부가 깊은 외부로 바뀐다
외부는 다시 내부를 다독이느라 분주하고

가장 깊은 곳을 거쳐서 온 것은 혀를 닮아 있다

나무가 잎을 떨어뜨리는 시간
소란스러운 혀의 소리
혀의 내부가 들어내는 움직임
곧 뚜껑이 닫힐 것이고 작아질 것이다

한번 들어온 후 나가지 않는 시간들
시간이 업고 있는 기억들
기우뚱 몸짓에 굴러다니는 혀끝

돋아나는 말들
바깥의 환함은 어둠을 생산하느라 바쁘다

달그락거리는 어둠

가장 안에 있는 것이 새것이고
어둠은 싱싱하고 어린 소리가 창궐하는 곳이다
거울 밖 나무의 잎이 불편하다
입을 벌리고 혀를 내밀어
달그락거리는 어둠을 뱉어 낸다

어떤 철학

백세를 바라보는 부부가

가을 햇살 눈부신

담벼락 돌무더기에 앉아

허공에 금을 내는 고추잠자리를 오래

한없이 바라봅니다

곁의 채송화가

설레는 마음을 주체하지 못합니다

하의의 날들

낡은 허리띠 헐렁한 구멍은 집요한 이빨
여분의 빈 구멍을 보면 포만에도 여지가 있다

일탈하려 했던 하의下衣의 날들이 저벅이며 걸어오기도
하여 허리띠 한 칸 옮기는 데 십 년이 걸리기도 했다

둘레를 간직하는 일은 낡아 가는 일이라서
어쩌다 새 허리띠 차는 날이면
내 몸을 잃어버리는 것만 같아
불편한 칸칸의 습관이 몰려든다

생활과 함께 늘어난 소가죽
초원을 거닐며 풀을 뜯던 여유는
꽉 끼어서 살아온 느슨했던 적 없는 허리에 밀렸다
뚫리지 않은 코뚜레같이
허기로 지낸 구멍들이 즐비하지만
살아 보면 한 구멍에서
허우적거리며 지낸 시간이 낡고 늘어지는 일인 걸 안다

늘어진 구멍엔 깊이가 없다
끝없는 허기의 치수

울음이 지극하다

울음, 이름은 바뀌어도 눈빛은 그대로이다

나의 세계에 살짝, 엄청난 자극을 주는 일
병은 지름길을 아는 것 같다

문밖의 것을 서둘러 들여놓듯
화면 속 장면을 들여놓는 시간
외부를 열고 내부를 닫는 지금이 가장 춥다
서로 소리를 버리는 계절로 할까 우리
그러고 보니 들여논 것 모두 제자리에서 옮겨 온 것들
망명정부 같은 나의 몸에
각각의 원산지와 계절이 비좁다

몸이 곧 말未
숙주를 옮겨 다니는 고단함은
차가움은 알지만 따뜻함을 모른다

어쩌다 겨울 동안 나의 내부에서 죽어 갈 몇 종의 원

산지와

　계절과 계절의 접경에 숨어
　나의 게으른 애착과 냄새에 섞여야 하는 것
　오전에 가벼운 기침으로 병원 갔다
　내 몸을 망명지로 선택한 기침, 이 허술한 접경
　각자 망명들을 품고 의자에 혹은 서서
　또 다른 세계에 보낼 몇 개의 알약을 기다리고 있는
마스크 쓴 얼굴들

　전염은 입으로 꼬리를 삼키는 뱀처럼
　울퉁불퉁 들쑥날쑥 예측할 수 없는 속도로
　가둘 수 있는 발이나 뿔도 없는 무례함으로
　늘찐늘찐하다

　어느 절실했던 울음의 망명정부가 되지 못한 몸 한
편에
　소문과 갈등이 질병처럼 돌고 돌아
　수천 가지의 죽음이 하나로 기록된다

화면에 갇힌 바람이 스산한 계절
죽어 가는 병에게 수의를 걸어 놓는 풍습이 없어서
약봉지를 대신 걸어 둔다

이제는 국경이 무색하여
망명이나 밀입국이란 말이 어색한 계절

호모 심비우스*

우연의 우연의 우연으로
한 거실에 모인 우리들
그럴듯한 신화를 만들 수 있는

*

4대가 한 밥상에서 아침을 먹고
음악을 틀어 놓자
어린이집에서 배운 율동을 추는 어린 조카
빠진 틀니를 한쪽에 놓고 박수를 치는 할머니
신이 난 꼬리를 가진 반려견 탱이
유유함이 우아함으로 지느러미를 한껏 부풀린 금
붕어
집 안 공기를 책임지는 스파티필룸 율마 싱고니움
음악을 통한 웃음은 행복의 교향곡
박수는 최선이며 빠른 속도로 우리를 성장시킨다

*

외할머니는 하나의 공간이었다
안방 건넛방 사랑방을 차지하는 사람과
외양간 헛간 둠벙을 얻어 낸 소 닭 우렁
앞마당을 획득한 맨드라미 봉숭아 채송화
뒤뜰의 감나무 앵두나무 살구나무
비탈산을 일구고 심은 고구마 배추 고추
이따금 찾아오는 고라니 산토끼 두더지
외할머니는 갓난아이를 대하는 심정으로 어루만지며
꽃이 피고 낙엽이 지는 것을 함께 맞이했다

                    *

낡은 신발 같은
서로가 새롭게 어울리는
안성맞춤인 풍경

함께 있어
기댈 곳이 있어

내 편이 있어
생명의 위치는 심장에 있다

유리창으로 쏟아지는 햇빛도
함께이다

* 공생하는 인간

멸종 달력

멸종의 목록이 적힌 달력이 있다
우수나 소만도 없는 달력
움트지 않는 고백으로
숫자를 거느린 생몰연대
날짜들과 이어진 날짜들
찢어진 꽃잎은 과거로 진화해 갈 뿐이다

철의 씨앗이 가득한 대장장이는 자연의 모양과 그들
의 울음소리로 연장을 만들다 두 손이 멸종에 이르렀
다지

기일도 없이 숨어 있는 위기의 식물들 동물들

지린내에 기댄 광릉요강꽃이 휘청거리는 향기로 남
는다
자태에 어긋나는
천한 이름이 피우는 말간 슬픔
수명은 도도한 흐름의 방향타다

곰이 인간이 버린 아이스크림 나무를 핥는다
동물원에서 붙여 준 이름에는 없는
목말랐던 야생의 이름으로 전설이 되어 가지만
관중이 버린 비굴한 식욕은 무거운 끝을 가진다

빼앗긴 서식지가 달력 안에서 기생하지만
여전히 늙어 가는 것으로 가벼워지는 숫자들
윤전기 소리마저 작아지고 있다는 소식과
새로운 종을 생산해 내는 기술의 속도
씨앗은 먼 미래이고 꽃은 멸종의 이름으로 만개해
있다

붉은 표시의 날들 주위로 멸종하는 평일의 한때
생일이 없는 두발짐승이
달력을 기웃거린다

팬데믹 중막

올여름은 몹시 추웠다

기상청은 예년보다 기온이 더 올라간다고 예보했지
만 기상예보는 맞지 않는 것이 맞는 거라는 듯 거리에는
마스크로 추위를 대비한 사람들로 넘쳤다

우리 집 식구들은 추위를 피해 밖으로 나가지 않았다

나를 끔찍이 여기는 할머니는 안방에서 최후통첩처
럼 오지 말라는 말을 남기고 사라졌다 들리는 소문에는
너무 추워 온몸을 비닐로 감싼 사람들이 추위를 피할
수 있는 곳으로 데려갔단다 누군가는 추위를 견디지 못
한 할머니가 불을 찾다가 불구덩이 속으로 들어갔다고
했다 뒤늦게 할머니를 찾으러 간 아버지는 모자에 마스
크 비닐장갑까지 중무장하고 나갔다가 얼마나 추운지
성에 낀 안경에 온몸을 떨며 돌아왔다

들불은 초원을 정상으로 자라도록 만든다는데

태양의 후예라고 자처하는 오빠는 태양족답게 과감
히 집을 나갔다 추위가 생활까지 떨게 하는 날이 많아지

자 태양에 가까이, 더 가까이 가야 한다는 부족의 전통
에 따르기로 했다 정오의 뜨거움에 방호복을 그을리며
수신호로 부족민을 이끌었다 추워서 온몸을 꽁꽁 싸맨
오빠를 알아보는 사람은 없었단다 그들만의 표정과 표
식의 소리는 마스크에 갇혀 오빠에게 전달되지 않았다
했다 나도 부족민 중 한 명이란 것을 오빠는 알았을까

　　햇빛이 미끄러지는 한여름
　　우리 집의 겨울은 그렇게 시작되었다

지금 암소는

달빛은 가임기를 살짝 소의 발목에 매어 두고
거두어 가는 아침 햇살은 스무 날을 묵힌다
수의사의 손은 수소의 음경이 된다
전지전능한 사람의 손과 만보기
어쩌면 가장 아름다운 척이 되는 일
구름이 슬며시 달을 뒤로 불러들이며 못 본 척한다
콧바람만 내뿜는 예민해진 감각은 통증뿐
등 근육이 가늘게 떨리고
근원을 이해한다는 듯 눈물이 고인 암소의 눈
비닐장갑에 묻은 분비물같이 끈적이는 여름밤은 덥다

벌이 꽃을 수태시키듯
이종교배의 법칙은
인간이 설정한 기준에 마중을 나간다
짝 없는 무늬들이 암소의 배 속에서
배열을 맞추는 동안
산등성 아득한 방목의 꿈은 찢어질 듯 투명하고 고요
하다

받아들이려는 욕망과
뒷발로 차 버려야 한다는 간극 사이
부르르 떨림으로 만보기의 숫자는 누적된다
스러지는 것이 있어 찬란이 있고
알 수 없어 더 무서운 일의 낯은 점점 두꺼워지므로
빈 시간은 텁텁한 사료로 채워진다
따뜻한 여물과 싸늘한 눈칫밥이 구유 속을 채운다

은산상회

흙 묻은 장화들이 앉았다 간 파라솔 아래
빈 막걸리 병들이 출출했던 시간처럼 서 있다
젖어 있는 노인들의 힘이 울퉁불퉁 진흙으로 떨어져
있다
거친 발톱을 세운 발자국도
껄렁하기만 했던 야성도
가벼운 물결무늬 투박한 기하학무늬로 저마다의 생
을 찍어 놓았다
시골 마을에도 중심부는 있고
마을을 지탱한 것은 허름한 파라솔과 평상이다
국제 회의장이 된 곳
대통령 김정은 바이든 시진핑도 한 번쯤 왔다 간 곳
오늘의 난상토론은 용식이 철구 미순이다
윗마을 아랫마을 죽일 놈 썩을 놈이 치워진 자리에
어버이날이라고 부쳐 온 돈이 농협 창구같이 시끌벅
적이다
자식 자랑으로 잔액의 '0' 숫자가 늘어나도
'0'은 영

맞장구만 있을 뿐 악플도 뒷조사도 없다
평상에서 돈은 말은 바람이 가져간다

떠나는 이야기보다 도착 이야기가 많은 상회
늙어 가는 품목이 늘고
새로운 것은 팔리지 않는다
젊은이가 키운 기업형 농산물이
노인이 거둔 늙은 맛을 따라가지 못하듯
평상은 구수한 입담 맛에 길들여 있다

익은 맛이 가득한 파라솔 밑 평상에 그림자가 떨어
져 있다
늙어 가는 시간은
아무도 모르는 지름길을 알고 있다

티하우스*

　기울어진 집을 지을 때 처음 한 일은 껍질을 벗기고 나무속 흰 결을 세우는 일이었습니다 옹이를 돌아 나가는 물줄기 같은 물꼬를 트는 일, 옹이는 커다란 바위라 여겨 옮기지 않았습니다

　강줄기를 자유자재로 다루던 목수의 손에는 늘 대패가 들려 있습니다 동방의 어느 나라에서는 깎아 내는 예술을 향해 혀 차는 소리가 대팻밥처럼 흘러나왔다고 합니다

　바람은 나무의 헝클어진 머리를 밀고 있습니다

　작은 바람에도 날리는 것은 물기가 없는 것입니다 그늘과 바람이 모든 물기를 벗겨 가고서야 집의 일부가 되는 나무 물이 오르내리던 물줄기를 다 벗겨 낸 나무는 텅텅 울리며 우는 소리를 냈습니다 그런 날이면 누군가에 대한 그리움으로 자꾸만 무거워졌다고 했습니다

강의 파문도 나선형
목수의 지문도 나선형
나무의 나이테도 나선형

기울어진 찻집에는 이제 물기라고는 없습니다 모든
물기가 마른 서까래며 대들보는 틈이 깊습니다 갈라진
틈이 기울어진 집을 끝까지 잡고 있습니다 목수의 가까
워진 유언 같은 말, 이제 송진 가득한 커다란 바위가 무
겁게 남아 있을 것이고 조금만 기억을 당겨도 물길이 왈
칵 불처럼 피어오를 것입니다

집은 끝까지 이름 없는 예술가를 닮아 가려 기울어집
니다

* 리크리트 티라바니자, 안양 중앙공원에 설치된 공공예술작품.
설계는 예술가가 하고 실제 작업자는 이름 없는 목수이다.

2부

아무도 거들떠보지 않는

물소리를 지키는 일

흙 받습니다

지층에 지층이 포개진다
서로 다른 살의 감촉을 받아들여야 하는 일은
고단한 작업이 될 것이다

내 몸에서 일남일녀가 빠져나가고
파릇파릇하던 스무 살이 빠져나가고
너무 많이 닳아 버린 것
그 어떤 흙도 빈 객지를 채우지는 못할 것이다

밤을 풍성하게 하던 개구리 울음이 멈추고
내 피를 한 끼 식사로 먹어 치운 거머리가 떠났다
친구와 꽃반지의 추억을 만들어 준 토끼풀이 마지막
기억을 붙잡고
새로운 이력의 매트리스를 자청한다

수직의 도시에 그림자는 수평이다
땅의 기운을 받았던 사람들은 이젠 흙을 잃어버리고
하늘의 기운만 받으려 휘청휘청 흔들린다

한때 땅이었던 하천을 덮고 담장을 세우고
검은 그림자가 그 자리에 눕는다

흙은 주말 농장에나 있고
검은색에 자리를 빼앗긴 사람은 허공에서
옷을 입고 음식을 먹고 휴식을 취한다
여유롭던 허공이 바빠진다
수직으로 다 몰려가고 수평은 빈곤으로 좁다

17층 허공의 침대에 누워 흙을 받는다
흙길이 그리운 나는 몸에 흙의 길을 낸다
푸른 모의 기억이 내 살갗에 스며든다
흙이 원한 건 숨 쉬는 것을 키우는 것이리라

허공에서 지하의 땅기운을 끌어온다
떠났던 것들이 돌아와 소리로 가득 메워지는 객토
아이들의 깔깔깔 웃음소리가 싱싱한
점점 다른 내가 나를 채워 가듯

다른 것들이 나를 메운다

한 시대의 연대기가 새로 쓰인다

그늘은 금이 가지 않고

돋아나는 잎은 묵은 것을 새어 나가게 하는 틈

오랜 독에는 시름에 꺾인 잎의 무늬처럼
새잎이 돋아나 있다
작은 금 하나가 내부를 텅 비게 할 수도 있다니
소금기가 밴 시간들
한쪽으로 치워 놓았다

간간한 향은 치워지지 않는다
시간은 익은 채로 새 나갔으나
새어 나간 것은 향을 담았다

간장 위에 떠 있던 짠 달은 어디로 갔을까
산새 소리가 장아찌마냥 푹 익어 가던 그믐의 한낮

이제는 그늘만이 발효되는 빈 독
그늘에는 금이 가지 않고
장독대 뒤의 나무들은 잎을 내며 조금씩

하늘에 금을 내어 보고 있다

소리의 집

빛의 옹알이가 모여 있는 집
빛 한 덩이가 깨지면서
검은 어둠이 터져 나왔다
단 한 번의 소리를 위해
빛을 키워 온 유리의 날이 바닥에 흩어졌다
빛도 낡으면 날카로운 소리를 가진다

쥐똥나무 울타리에도 불안이 매달려 있다
앵앵거리는 침들이 만든 소리의 집
끌어모은 둥근 소리가
날개의 고요를 관장한다
나무 울타리를 지키는 따끔거리는 소리
소리가 몰입되어 있는 공중의 집
바람의 연주가 키우는 말벌 소리가 가득하다

소리를 길들이는 집
접어진 날개 안으로 따뜻한 휴식이 가득 차다
공중의 길마다

소리의 저녁이 몰려가고 있다

날카로운 불빛

열린 문 사이로 멀리까지 달아나고 있다

야간 배송

가끔은 도착점이 길어 스스로 돌아가는 물건이 있듯
집 언저리에서 문을 찾지 못하는 것이 있다 보이지 않는
길이 때론 정확하듯 중간에 전화가 오고 지명이 적힌 돌
에서 위쪽 산 방향 우회전으로 휘어져 보라고 친절하게 설
명해 준다

어둠의 포장 캄캄한 도착점
마을 어귀에서 집까지 저녁의 거리
그 사이 시간은 부어터지고 기다림은 불어 터지기 일쑤

햇볕이 못 찾는 그늘 밑의 식물 불어 터진 발가락들 꽃
을 빼꼼 열고 기다린 한여름 닿지 못한 빛은 부실한 열매
에 가득 들어 식물의 주변에서 주파수를 찾는다 만만한
것의 무게는 무거운 것이어서 먼 집처럼 흐릿하다

자고 나면 돋을볕과 창문 틈에 와 있는 샛바람 잎이 오
고 꽃이 오고 벌이 오고 열매가 오고 먼 곳에서 내 주위로
비릿한 냄새를 풍기며 굽이굽이 찾아오는 것들

그늘의 식물에 드는 햇빛처럼 잘 찾지 못하는 택배가
있다 되짚어 온 주소와 물건 오는 홍시는 떫은 주소에
익숙하지 않고 짠 물결의 굴비는 생물의 방향을 잘못 읽
는다 마을 입구에 세워진 돌 옆에 휴대전화 액정 빛이
반짝인다

조용한 꽃밭

오로지 손을 지켜라*

한 집의 내력을 간직한 벽 이곳에 살았던 사람들이
미처 챙겨 가지 못한 한 시절이 고미술처럼 누런빛을 띠
고 있다 ㄱ ㄴ으로 시작된 출발이 한쪽에서는 문장으로
완성되어 있기도 하다 아이는 꽃을 좋아했나 보다 잃어
버린 엄지장갑 한 짝은 귀퉁이에서 먼지에 싸여 있다

소란스런 수화가 꽃과 꽃 사이를 채웠다 또래와 숨바
꼭질보다 꽃을 그리며 술래가 된 아이는 꽃 하나하나
찾아내어 그렸다 가족의 이야기로 기둥을 세우고 침묵
으로 지붕을 덮었다 꽃밭 군데군데 땀을 담아 놓은 웅
덩이에 소금쟁이가 놀고 있다

그릇 하나 없고 가스도 끊어져 빈집 같지만 한 가정
의 북적이던 시절을 남기고 간 이사 엄지장갑은 가려운
곳을 긁기에는 버겁다 말끔히 봉합될 한 시절의 꽃밭에
나비도 날지 않고 앉아 있다

꽃밭 속 나약한 소녀가 더 힘없는 밖의 동물 한 마리
를 보고 있다

조용해진 꽃밭
비로소 빈집이 된다

* 법구경 – 오로지 입을 지켜라

에필로그

1

수선집으로 불구의 것들이 모여든다
한때는 펄럭였던 것이나 어느 몸에 꼭 맞는 것이었다
가위는 오전을 지나 정오를 오리고 있다
잘려 나간 것은 안쪽으로 기하학적 무늬를 갖는다
비로소 꽉 찬 안쪽을 얻는 것, 투명하다
진화의 속도가 가장 빠른 곳이 이곳이겠다

봄날 조금은 더딘 진화가 이루어지는 곳
들판의 비닐하우스가 너덜너덜 찢겨 한쪽 가지가 부러진 나무를 어루만지고 있다
조각조각 날리는 것들
밖에서 나온 바람이 안에서 나온 바람을 불러와
날리는 햇빛의 조각들
오전에서 잘린 오후
풍경에서 오려진 여백

2

기억 모양이 빠져나간 거푸집, 오려 내고 남은 부위가 기억이 된다
쓸모가 몰고 간 것과 그 빈 곳
모든 기억은 빈자리에 있다

행동은 어느 부위를 잘라 내어 잠시 쉬게 한다

봄 들녘을 가르고 지나가는 만장의 행렬
들판을 길게 가르며 노 젖듯 가는 상여
한 생을 가르는 풍경이 봄날의 턱에 걸려 넘어진다
복숭아꽃밭 사이로 북북 찢으며 가는 가위들
쭉 찢긴 들판의 봄이 펄럭이고 있다

3

하나의 일상으로 뭉쳐진 저녁이 오고 있다
낮을 자르는 밤
겹으로 펄럭이는 날이 늘 한 발짝 앞에서 기다린다
너와 나는 마주 보아야 환하지만 봄날 날리는 것처럼

바람은 주소를 잃을 때가 있다

들숨 날숨이 모아져 가위가 된다
모아졌다 잘리는 산소로 살고 늙고 죽고
하나의 세대를 가르는 가위와
점점 날이 시퍼렇게 서 가는 나

말의 귀퉁이만 싹둑 잘라먹고
허물어진 입으로 나오는 잔소리
바람은 투명한 날을 세워 펄럭이는 것을 자르고 있다

덴드롱 꽃 피다

지난여름 이웃이 내어놓은 덴드롱을 분양받아 거실과 베란다에 놓았다

온실 속에 갇힌 덴드롱은 겨울에도 푸른 잎이 남아 사철 푸른 나무처럼 거실을 지키는 든든한 파수꾼 같았다 새봄이 오고 여름이 되어도 잎만 무성할 뿐 꽃을 피우지 않았다

베란다에서 한겨울을 난 덴드롱은 잎이 다 떨어지고 앙상한 가지만 남아 다시 잎을 틔울 것 같지 않았다 새봄이 오자 푸른 잎이 돋아났다 하얀 포엽이 먼저 달리고 그 안에서 빨간 꽃봉오리가 준비를 마치자 포엽을 열고 활짝 피었다

군자란

콕콕 심장을 찧어도 좋은 향기가 발길을 붙잡습니다

서성이는 것은 앞과 뒤가 할 일

정성에는 위아래가 없습니다

꽃을 매달고 화단의 일원인 양 하늘만 바라보는

이름 모를 나무가 얇은 더위를 덮자

올망졸망 눈빛들이 꽃답고

바람의 온도는 군자란을 닮았습니다

내어놓은 정성

한 아름 안고 옵니다

층이 같은 마음

갑자기 들어온 향기가 가득한 거실

지나간 것은 반복에서 쫓겨난 것이라는 말을 믿지 않기로 했습니다

씨앗의 발

배롱나무에 열매로 매달려 있던 알주머니 터지면서
새끼 거미가 씨앗처럼 쏟아져 나온다

놀란 공중, 흔들리는 사방의 풍경으로
기어 나와서 흩어지는
씨앗에 발이 달린다는 것
숲의 곳곳을 옮겨 다닐 씨앗을 본다

포대 속 발 달린 씨감자가 쏟아진다
아니, 발은 없고 눈만
잠자는 기간에 몰려든
울컥 돋아나는 눈들
어느 방향에 발을 낼까 고민했을
아마도 눈은 제 스스로 뜬 것이 아닐 것이다
땅 위의 모든 발에겐 독촉이 있었을 것

씨앗이란 이름에는 탈피라는 말이 있다
발이 사라질 때쯤 열매가 되는

숲은 붐빌 것이고 밭은 풍성해질 것이다

발이 가득한 씨앗이 만든 마을
어둠에서 눈을 틔우고 있다

허수아비

소읍의 외곽으로 더딘 물이 흘러간다
하천을 지나 구부러진 산을 지나는 물살
다리 입구에 늘 앉아 있는 사내
그가 하는 일이란
아무도 거들떠보지 않는 물소리를 지키는 일이다
물의 안쪽이 뒤척일 때마다 손을 들어 물길을 트고
그럴 때마다 누더기 같은 바람이 흔들린다
앉는 곳 어디든 방

아버지가 헛간을 제의했을 때
주름진 얼굴은 어떤 대답도 하지 않았다
겨울에도 춥고 여름에도 추운 사내의 복장엔
지저분한 추위가 가득 붙어 있었다
아이들은 새를 쫓는 대신
사내에게 돌을 던졌다

가을이 가면 떠날 것이라는 말이 새처럼 날아갔다고
서쪽 어느 마을에 움막이 비어 있고

그 움막으로 가서 햇볕을 장만하겠다고

하얀 귀들이 내려와 사각사각 밟히는 철
가끔 아이들을 불러
물의 안쪽 소리를 들려주려는
소읍의 마지막 어둠이 늘 들렀다 가던 다리 밑
물소리를 간직한 사내

빈 밭
허수아비가 뽑힌다
물소리는 더 이상 물 밖으로 나오지 못하고
다리는 머지않아 더 길고 튼튼해질 것이다

야생의 기표

북서풍이 만든 물결을 저어 가는 오리
쉼 없이 움직이던 발은 한동안 쉰다
내리는 비 중심에서 강수량 재고 나면
맑은 하늘 오를 수 있다는 듯

오리의 열, 침묵을 따라 서 있는 복福과 액厄의 한 몸
접은 날개는 미동이 없다

첫아이 울음소리가 마을의 뼈대에 살을 붙이고
윗마을 노인들의 안부가 궁금한
응당 부는 삶과 죽음의 바람을 관람하듯 바라본다

오리의 침묵을 잡아 올리는
그물에 액운이 바글거린다

밤의 고단한 여행 긴 장대에 실어 보내고
다시 갈라진 틈 살피는
여명 받은 솟대는 야생이다

생의 구름들, 저곳은 늘 깨어 있다

사계절 지나며 죽음의 냄새

지상 밖으로 밀어내려 눈빛의 방향을 바꾸기도 한다

앵두

대접에 청태 낀
빗물 정화수가 말라 가는, 한 집안의 내력이 곰삭아
가는 장독대
앵두가 와글와글 켜지고 있다

집 뒤란으로 불안을 데리고 오빠가 돌아왔다
뒤꼍으로 들어온 흉터
흰 천에 붉은 날들이 가끔 구겨지곤 했다
누군가를 물들이고 싶어 하던 그리움의 병
맑은 날 화투장에 우산을 쓰고 손님이 찾아오는 날
이면
기침 대신 앵두가 툭툭 떨어지곤 했다

혼자 놀다 가는 청춘
젊음이 몸을 버리는 시간 함께 맞이한 곳도 뒤란이고
내 사춘기 우울이 가장 많이 나온 곳도 뒤란이었다

바람이 물어뜯고 간 날들

사람이 살지 않는 옛집은 앞마당도 뒤뜰도 없다
핏방울 같은 앵두가 배어 나오는 담장 옆
바람에 물린 자국만 선명한 뒤꼍

어둠이 울컥 게워 놓은 앵두만 뒤란을 밝히고 있다

산책

산책은 앞으로 가는 걸음과
뒤로 가는 마음이 동행하는 것
흙이 봄비에 젖어 깨어나고 있다
어제와 조금은 다른 풍경이 나를 읽고
그들의 세계에 나는 이방인

배꽃이 흰 꽃을 밝혀 잎의 길을 안내하고 있다
전과 다른 이곳, 시절의 시간을 못 맞춘 자목련이
왕따처럼 혼자 늦은 꽃 붙들고 있다
밭고랑 사이 한 소녀가 하얀 냉이꽃 보고 발 동동 구
르는
아주 오래된 모습과 만날 것 같은 풍경
재미있다는 듯 목 빼고 깔깔깔 흘러넘치는 오미자
덩굴
어느 집 울타리
봄에만 따뜻한 손길 한번 거쳐 가는 두릅나무
그 옆 옥잠화만이 시들어 가는 집 둥둥 띄우고 있다
돌 틈에서는 민들레와 질경이가 바람에 충실하고

애기똥풀은 그 모습 부지런히 배우고 있다

바람이 불면

흔들어 소리를 내려고 저렇게 많은 솔방울을 매달
았나

밭둑에는 푸른 기억이 사라진 옥수숫대들이 무너
지고 있고

연인인 까치만 갈아 놓은 밭에서 열렬히 사랑을 속
삭이고 있다

모의 뿌리를 기억하는 논은

어린 나무의 뿌리에 어리둥절하고

찢긴 나무에 한 다리 걸친 산벚나무는

지는 꽃잎과 돋는 작은 잎 꽉 움켜쥐고 놓을 줄 모
른다

꿩이 푸드득 날아올라 오전을 깨운다

몸을 한껏 부풀리는 여린 것들이

재미없는 나를 읽다 덮어 버린다

3부

너를 닮은 봄에게

통증을 맡기러 간다

바람은 지나가려 불지만 사랑은 머무르
려 주소를 찾는다

엄마가 바탕이라면 나는 바탕의 감정이나 느낌
엄마는 쓰러져도 일어나는 여자
엄마가 병의 과정을 채워 가는 시간에 나는 배꼽이 간
지러워
엄마는 가을과 겨울 사이 어디쯤인가 녹작지근히 걸쳐
엄마는 뒷모습이 슬픈 사람

하루에 삼천 가지 생각을 하는 나는
자식 걱정 하나만 하는 엄마의 결정적인 시간 앞에서

오늘을 버텨야 해서 슬프다

달가림

단절된 경력은 적막한 새벽 세 시에 걸어 두고

마흔다섯 이 양은 노래방에서 춤을 추네 랩과 힙합 어느 박자도 척척 맞추네 부장님이 부르는 노래가 몸에 맞네 이 밤도 샤방샤방 탬버린을 드네 가슴과 엉덩이 에스라인으로 흔드네

클라이언트가 모호해 마케팅 전략을 선명하게 드러내!

프레젠테이션이 용두사미야 세상은 변하잖아!

재래시장도 백화점도 아니잖아 영업 마인드는 어디 간 거야!

오 년이 지난 오늘도 신입사원 이 양은 탬버린을 치네 새파란 후배의 승진에 진땀 하나 흘리지 않고 박수를 쳐 주네 입사 원서 낼 때부터 쥐어짠 기획서는 사직

서와 함께 책상 서랍에서 자고 있네 지금은 무조건 쳐야
할 때네

　대낮의 슬픔은 밤 열한 시 오십구 분에 묻어 놓고

스물다섯 비망록

색깔의 무게를 달아 보려 했어. 스물다섯 나에게 저울을 선물한 이는 누구일까. 편지를 보내는 사람의 이름을 오래도록 불러 보았지. 다만 그에게 줄 약을 만드는 마음으로 눈금을 바라보면 너니? 네가 쓴 말들을 감싸고 있는 달달한, 단단한 말을 너는 삼키라고 하는 거니. 눈금을 바라보면서 나는 너의 색깔을 달아 보려고 했어. 네모난, 각티슈로 닦아 내던 눈물에 네가 먼저 색을 입혔잖아.

말을 가두기에는 캡슐이 제격이야. 나의 말에 너는 질문을 받아야 하는 말을 정제에 박아 놓고 새어 나올까 봐 당의를 입혔어. 너와 나의 예의는 포장지에 따라 바뀌었고 외면한 슬픔이 저울 위에 가득했지. 가시 돋친 무게는 흔들리는 바늘을 잡지 못해 어떠한 약도 만들 수 없다고 너는 말했고 가벼운 것을 재는 저울은 무거운 거리가 있다고 나는 말했어. 처방의 문제라는 걸 나중에 알았지만 구겨진 무게는 떨림이 없었지. 색색의 알약들을 모아 저울에 올려놓고 색깔들이 모두 풀어지는 동안 잠을 잤어. 몇 밀리그램의 방부제가 효능을 오래 붙잡고 있었지만 꿈을 지웠지. 그 뒤 세상의 온갖 색을 알아보게 되었어. 그런데 다시 너니?

지구별에서 보낸 편지

너를 닮은 봄에게 통증을 맡기러 간다

한 학년이 끝나 갈 무렵까지 이름으로만 만난 사이
첫 번째 슬픔이라고 불러도 될까

흙 묻은 운동화를 신고 체육복이 젖도록 축구를 하
고 싶다던
보이지 않는 유리벽에 갇혀
12월에 처음 등교한 너는
일 년 후의 너에게 편지를 썼지

어떤 편지는 방향이 무거워 속도가 느려

봄에 자꾸만 갇히는 것 같다는 너는
열쇠 없는 삶에
자물쇠를 찾겠다고
벚꽃 연분홍을 따라 나섰고
하얀 국화가 놓인 책상을 남기고 멀리 떠났지

그해 여름 가장 뜨거운 햇볕을 쬐지 못하고
새물내 나는 체육복을 입어 보지 못하고

일 년 전에 부친 편지를 친구들은 모두 받았는데
한 통의 편지는 남아 아직도 목적지를 찾지 못하고
열어 본 편지에
화이트 크리스마스에 눈을 밤새 밟고 싶어

몇 년이 지나도
크리스마스에 눈이 오지 않아

세 번째 슬픔은 겨울마다 찾아온다

통증은 편지 바깥의 것이다

구겨지는 잠

분명한 잠을 자면 나는 나임을 잊을 수 있을까

눈꺼풀을 누르면 극의 무늬가 만들어지고

씻어 내야 할 곳이 더 지저분해지는

겨울이 자라고

심심풀이 간식처럼 너의 비극을 가볍게 소비하는

방과 방 사이

입만 내어놓고 울고 있는 너를 본 적 있다

건조한 숨소리

눈물을 향기라 우기고도 싶은

내 몸을 보여 주는 것이 부끄러워

구겨지는 잠

쨍그랑 깨지는 것 같은

비가 그친 뒤,
무화과나무 한 그루 부풀어 있다

실오라기 하나 걸치지 않은 창문의 눈이 커진다

나뭇잎 근처로 흰 수액이 모여들고 있다
엽록의 팽창
잎을 똑 하고 따면
하얀 절정이 흐를 것 같아

음 음 음

바람과 잎이 부딪히는 소리
문밖에서 감기는 풍경

흔들리는 나무
툭 치면
숨 가쁜 상상은 날아가고

물방울만 후두둑 떨어질 것 같아

새야 나무에 앉지 마라
저 열중을 방해하지 마라

문 안에서 감기는, 그만큼의 화담숲

둥근 인연

내 귀에는 열두 가지 소리가 있다
소리 없이 열리는 귀
이명으로 굳어
남몰래 이루어지는 저녁의 하강
심장에 네 개의 방이 필요했던 이유가
터질 것 같은 침묵을 가두기 위한 것일까
약속을 어기지 않는 방문자 같은 만조의 시간
젊음이 채 거두지 못하고 흘린 파편들을 거둔다
폭죽으로 타오르는 잉걸이 분분히 재로 흩어지는
머무는 이곳보다 머물고 싶은 그곳이 그립다

놀이기구가 돈다 돌아가는 심장과 귀와 눈이 돈다 연
인들은 날아오르기도 하고
흩어지기도 한다 때론 집요하게 서로 붙들기도 하는
놀이기구 안의 둥근 인연들

오늘 밤 누가 통속의 분류에 사랑을 데려다 놓았나
유원지의 기억은 낡아서

더는 운행하지 못하는 놀이기구처럼 방치되어 있고
통속은 늘 한쪽 노가 부러져
호수에 흔들거리는 배조차 띄울 수 없다

어떤 시간이 조각한 인연일까
아직은 몸 한쪽에 부끄러움이 있다는 듯
손을 꼭 잡고 있는 조각상
서해 둥근 해수욕장에서 밀려왔다 부서지기만 하는
옛 속삭임을 다시 듣는다

풀씨

떠도는 것이 멈춘 자리에 풀이 돋는다. 풀은 작은 것들의 이름. 집 나간 고양이 가랑비 피해 숨어든 곳에 먼저 와 자리 잡고 있는 여린 풀. 오늘은 바위틈 소나무 까칠한 그늘 이마 위에 앉아 있다. 등산객 눈길조차 잡지 못하는 저것. 바람의 숨결에 토해 놓은 말. 가시에 찔린 듯 따끔한 바람. 깊숙한 폐부를 버리고 간 아버지 뒷모습처럼.

가랑비가 내린다. 저 빗방울. 어디에서 떨어지는 씨앗일까. 몸 열어 받는 어머니 몸이 달뜬다. 무릎이 시큰거릴 때 찾아오는 아버지. 이불 속 식지 마라 넣어 둔 밥이 그대로 식어 버린다. 차오르는 말 풀어놓지 못하고 빗소리만 방 안 가득 부푼다. 달을 채우려 앞서가는 시간은 일찍 밖으로 나와 떠돈다. 저 풀씨처럼.

허공의 씨앗. 어디쯤 가서 싹을 틔우려나. 가랑비 피한 그곳이나 바위 틈 저곳이나 잠시 머문 자리일 뿐. 한 번 놓친 말. 한 번 두 번 세 번이 쌓여 뭉텅이로 허공에 떠 있다. 질문에 답해야 할 말이 수면 아래로 가라앉는다. 곧 싹이 돋을 것이고 달은 등을 보여 주지 않는다. 아버지가 등을 보이는 것이 깊은 가을인 것처럼.

독거

오이 넝쿨 사이 독거
말라 있는 꼭지. 더 이상 줄기도 없는 꽃의 한 지점을
지키고 있다

방문은 문밖 외부로부터 온다 안으로 찾아오는 이
없이 꼭지 쪽 방문이 전부다

무성하던 이파리 시들고 말라 가는 꼭지에도 늙은
오이는 제 속내를 식량으로 질기게 견딘다

조로증 환자같이 겉만 늙은 품종이 있다 탱글탱글
씨앗과 촉촉한 물살 깎아 보면 여전히 속은 푸르다

노각을 다듬어 무치면 아삭아삭하고 향긋한 맛 친
정엄마 말소리 같고 어적어적 쌉쌀한 맛 시어머니 눈매
같다

친정엄마와 시어머니가 같이 들어 있는 맛 늙은 맛

이 이렇게 맛있는 줄 몰랐다 맛에도 양쪽의 맛이 들어
있어야 맛있다는 것을 알았다

　푸르던 잎 꼭지도 지고 찾아오는 이 없는 끊어진 맛
양쪽의 맛
　동기간 끊어진 늙은 오이가 오늘 아침 모로 누워 미동
도 하지 않는다

노인들

비닐로 봉해져 있던 겨울 창문에도
물이 오르는 철, 가로수마저 봄옷으로 차려 입고 있다
하물며 발가진 것들, 치매며 중풍이며
술병까지도 다 불러내는 봄
고만고만한 노인 셋이 버스에 오른다
마치 그림자나 입을 법한 옷의 노인들을 거둬 담은 시
골버스
덜컹거리는 저 느린 속도에도 늙어 가는 것이 있다
왁자한 소리만 치자면 만원버스다
흰소리 가득 실은 마을버스 안
노인들의 신발에 흙이 묻어 있다
평생 그림자처럼 달라붙은 흙
그냥 지나치는 정류장처럼 가까운 친구는 다 떠났다
잠시 정지된 풍경은 이런저런 그림자로 꽉 차 있고
마을의 빈집처럼 드문드문 비어 있는 좌석
요란하게 흔들리는 저 손잡이를 잡을 수 있는 근력이
이제 없다

가벼운 발걸음 더 멀리 간다

주저함 없는 흙 묻은 신발

그래도 셋이서 같이 가는 봄날 나들이다

외출

하루 다섯 번 들어오는 시내버스
이 마을 시계는 매일 다섯 번 외출한다
포장길과 비포장길이 덜컹이는
온몸으로 받는 직진의 날들
돌아온다는 전제가 들어 있는 말
벚꽃의 배웅을 받으며 외출했다

지난해 외출에서 돌아오지 않은 딸을 기다리는 어미는
딸이 선택한 첫 번째 시계를 차고 새벽마다 외출했다
몇 개의 보따리가 수런거렸을 주인은
이삼일 후 빈 몸으로 시계를 찾을 것이다
꾸벅꾸벅 책가방이 조는 학생의 손목은
다시는 시계를 차지 않기를 바랄지도 모른다
소란스런 말들이 떠다니는 버스 안
잠음이 들리는 라디오처럼 2% 외출한 나도
돌아갈 곳 몇 단어를 잃어버렸다

내가 외출해 있는 사이 가을이 왔다

외출에서 돌아오는 길

제각각의 표정에서 시곗바늘을 읽는다

보따리의 주인은 바뀌어 있고

덜컹이는 버스는 조금 얌전해져 있다

찌든 냄새 술 냄새 틈으로

이내 사라질 버스처럼 떨어뜨린 감정을 줍는 사이

외출한 여름을 마중 나온 코스모스

만나지 못해 서성대고 있는 듯 건들건들한다

잃어버린 단어를 찾는 내가 아직도 그곳에 있다

오늘의 시제

시제가 주어지고
몇 개의 생각이 달아나는
깊다와 넓다 사이 멍한 목표가 있다

내 몸에 몇 개의 단어가 시제처럼 있다
한 장의 반듯한 주제가 나오기까지 버린 낱장이 많다

오늘 아이가 태어나고 내일 아버지 제사를 준비했다
오늘과 내일 사이 불쑥 끼어들 당혹은 어느 틈에 웅크리
고 있는지

당일에 발표되는 시제
허기진 그늘에서 좌절에 엎드려 썼다
가장 많이 나오는 시제는 당황과 불안이었다
내장되어 있지 않은 곳에서 불쑥 찾아오는

나누어 준 원고지 앞장에서 마무리 지어야 할지 다음
페이지로 넘어가야 할지 더 받아 와야 할지 망설였다

상을 타지 못하고 박수만 쳤다

서랍을 가득 채우는 낱말에 시는 숨기고 등외 순위만 남겼다

환희를 맛보지 못한 단어, 비켜 가는 상이 옆자리에 눌러앉고

하늘을 오래 올려다보는 습관이 굳어져 갔다

오늘의 시제 속에는 따끔한 이유가 있고 시어에는 내 걸음이 있다

정체성

훌륭한 울음터

가장 높은 곳에 있는 밝은 지점 또는 어둠의 집

사람이 사람의 마음으로 살던 시간

걷는 것이 자연스러운 너와

자연스러운 내가 걷는 것 사이

이름과 가리키는 내용이 서로 어긋날 때

서로 끊어져 소통되지 못할 때

말의 의미가 정박할 곳을 찾지 못하고 표류할 때

최초부터 종말까지

4부

나는 흰민들레를

아리랑 정서라고 부른다

사랑

은발 신사와 흑발 숙녀가 예방접종 대기실에 나란히
앉아 있습니다

남편은 아내가 들어갈 때 더 안절부절못합니다

아내는 남편이 나올 때 더 불안한 눈빛입니다

당신 몰래 볼까 봐 모아 놓은 사랑

서로의 눈시울이 붉습니다

지팡이 속도에 맞춰 양산이 흔들립니다

육 남매 부모가 긴 여운을 남기며 걸어갑니다

걸음의 문양

진흙 길에 새겨진 긴 문양
하나가 구부러지면
반대쪽도 구부러지고
한쪽이 미끄러지면 다른 한쪽도 미끄러진 흔적

처음 출발과, 끝이 같이 있다

늘 가까이 있으면서도
먼 시선으로 바라만 보아야 하는 일
한쪽이 한쪽을 붙잡는 순간
너덜너덜 찢긴 조각만 남는
그림자로 지켜봐야 하는 가까운 그리움

향나무의 속살과 겉처럼
애끓는 마음 안으로 안으로 삭여야 하는 붉은 향기
밖으로 나오지 못하게 꼭꼭 숨겨 놓아야 하는
하얀 살로 마음 내려놓아야
같이 갈 수 있는 길의 문양

처음부터 같이 출발하지 못한 문양

문양이 있는 길의 걸음
느릿느릿 가는 것이나 바삐 지나가는 것이나
남겨진 문양에는 애틋함이 묻어 있다
버릴 수도 지울 수도 없는

신발이 지나간 자리에 신발 문양이 남듯
내 속에도 지나간 신발의 문양이 남았다

끝까지 가지 못한 문양

지방무형문화재 제29호

"열두단 두목 광솔단은 듣거라!······ 이 오곡밥을 거룩하게 먹고 한시 바삐 당나라로 속거천리하라. 어명이다!"* 단**이 일었다. 동네 사람 모두 모여 당상관의 말에 단을 잡는다. 마을의 건재함을, 사람의 무사함을 알리는 농악 소리 세월을 잡는다. 잡신, 잡귀를 잡는다.

마을회관 앞은 단잡기***의 시끌벅적을 받아 낸 지 오래. 내리는 서리로 마지막 수액을 내뿜는 나뭇가지의 촉각. 기억을 더듬거려 본다.

소멸로 향하는 세대의 여백은 풍경만 다를 뿐 다른 길은 없다. 틀니의 말투, 술주정에 충청도 사투리가 더욱 빛나던, 이쑤시개 찾다 젓가락으로 대충 빼내던 습관도 아버지 세대가 가면 다 없어질 것이다. 양지쪽에 쭈그려 앉아 담배 피우고 방 안에서 들려오는 내기 바둑과 점 오십 원 화투의 냉혹한 승부 세계도 처연하게 아름다운 문화재 같은 사람들.

목이 짧아 구멍이 커져도 주변만 맴도는 소리. 힘 조절이 어려워 곧 부러질 물렁해진 삶. 유행처럼 미리 점찍어 놓은 장지로 떠날 사람들. 허공의 담배 연기를 따라 옮겨진 시선. 풍장의 풍부한 소리. 이제 소리에 빚지지 않겠다는 듯 묵언으로 침묵으로 하는 얘기들. 소가 갈던 밭도 없어지고 소를 길들일 사람도 없다. 후계자도 없이 한 시대의 밭고랑이 사라지고 있다.

결핍으로 채움을 만들어 간 사람들, 그들이 지방문화재다. 몸속마다 들어 있던 신명도 다 녹이 슬었다. 당상관은 단을 잡으라 하는데 사람들이 저승으로 잡혀 가고 있다.

* 충남무형문화재 제29호 내지리 단잡기 중 당상관이 단을 잡는
대목 일부

** 극심한 가려움과 함께 피부에 붉은 반점 또는 흰 반점이 생기는
일종의 피부병

*** 1995년 민속예술경연대회에 첫선을 보인 이후 무형문화재로
지정이 되었다. 현재 참가자 175명 중 몇십 명이 돌아가셨고 갈수록 행
사에 참가할 수 없는 노인은 늘고 새로 참여하는 젊은이는 줄어들고
있다.

부산 浮山*

삼국이 통일될 때 이루지 못한 꿈

종이에 선이 그어지자

땅은 비가 오는 날로 변했다

누구의 힘을 빌리지 않고 하나 될 때

나 유배 마치고 자유의 숨을 쉬리라

* 충남 부여 낙화암 건너편에 있는 산으로 어느 산과도 연결되어
있지 않다 하여 뜰 부浮자를 쓴다.

읍소하는 남자

한 남자는 주머니에 손을 넣고 있네
한 남자는 손을 맞잡고 연신 조아리고 있네

날개를 접고 지상에 내려앉은 비둘기 아이가 먹다 흘
린 과자 부스러기를 먹고 있네 흔들리는 목적이 있어야
접었다 폈다 하는 날개가 있네

간절함이 가득 묻어 있는 손
불안한 손바닥끼리 맞잡고 있네
맞잡는다는 것 혼자서도 가능한 일이네
기울어진 중심점은 비굴함 쪽으로 기울어져 있네
상대의 열려 있는 틈으로
사내의 비굴함이 들어가려 안간힘을 쓰고 있네

또르르 떨어지는 나뭇잎에 펴졌던 날개의 기억은 날
아가고 휘휘 젓는 아이 손에 눈치만 보고 있는 날개

얼음도 녹일 것 같은 뜨거움이 손에 가득하네

축축한 땀이 배어 나오는
가랑비같이 속을 알 수 없는 손이네
저 포개진 손에서 얼마나 많은 좌절이 들었다 갔는지
세상의 온갖 허전함을 다 맛본 손

좁은 틈에 껴 있는 먹이를 낚아채듯
차가운 비굴이 손을 빠져나가네
말과 다르게 미끄럽지 않은 비굴이네
이 비굴을 아껴야겠다는 듯
주머니에 양손을 넣고 사내가 걸어가네
뒤뚱거리다 종종거리는 비둘기 같네

쏙도 붓을 안다

붓을 세웠다
미물이 먼저 와 있었다

쏙 잡는 노인 곁에서 한참을 본다
갑각류 절지 미물도 붓을 넣으면 문다
어떤 무학의 한이 붓을 탐하게 하는지 알 길 없지만
남해 갯벌, 몸으로 쓴 초서가 가득하다

머리에 먹물 가득 찬 선비가 서울에서 내려왔단다
죄의 무게는 파벌의 기울기에 얹혀 있고
당쟁은 모의의 먹물 줄기에서 나온다

몸 하나 숨기는 구멍이 영역의 전부인 쏙
넣었다 뺐다 성질을 건드린다
선비의 의중이 붓을 들 듯 숨구멍마다 물이 차면
먹물 냄새 맡고 붓을 잡는다
붓 하나로 한 영역을 낚아 올릴 수 있는 비결이
오랜 시간 지나 촌부에까지 이르렀다

문자가 궁금해 덥석 무는
숨구멍마다 미물의 글이 깨알같이 적혀 있다

아침 갯벌, 새로운 초서가 상소문으로 읽힌다

갈라파고스거북

갈라파고스거북 한 마리 모로 누워 있다
찌그러진 입으로 팽팽한 바람이 넣어지고
노을을 달고 있는 은행나무 옆에
기울어진 시간으로 쌓여 있는 가마니들
발굽 모양 추는 몇 개 달아나고 눈금도 멀어
젤 수 있는 무게가 없다
지금 본업은 몇 년 치의 먼지를 재는 것

등 가벼운 것은 대신 무거운 거리가 있어 발이 길고
제자리를 오래 지키는 발은 짧다

기록으로 남을 숫자가 올려지지 않는 지금
여정을 내려놓고 있다
평생 무거운 것만 지고 다니다
안에서 나와 죽은 거북이 누워 있다
제 무게를 재는 저울은 없다
떨어진 꽃은 다시 나무에 오르지 못하듯
갈라파고스를 떠난 거북은 다시 갈라파고스에 가지

못한다

녹슨 저울추가 달아나지도 못하고 구석에 매여 있는
정미소는 성업 중이지만
지붕은 내려앉고 있다
그래도 피댓줄에 매달려 꽤 멀리까지 왔다

슬픔이 서 있다

먼저 오는 통증은 바람을 닮았다
핏기도 물기도 없는 몸

아이 침대를 살 때만 해도 즐거웠던
아파트가 목숨 줄 같은 여자
밀려난 남편 등같이 허한 세계를 끌어안기가 버겁다

기하학에 대한 본능으로 가장 가벼운 자재로 이루어
진 벌집은 따를 자가 없다지

도시의 단역을 기꺼이 받아들였던 가슴에
오늘은 구멍이 나
찬바람이 인다
끝없는 가능성을 위해 끊임없이 움직이며 버틴 시간이
당혹감과 분노로 왈칵 쏟아진다

버릴 수 없는 것까지 버린
이삿짐이 들어갈 가벼운 집은

태어나지도 않은 것처럼 멍하다

빛과 그림자로 설계된
보이지 않아 더 많이 보여 주는
벽면이 창백하다

동이 트기 직전의 싸늘한 순간
첫울음을 터트리는 갓난아이의 심정으로 기다리는
벽
길 잃은 그녀의 먼 곳 헤매는 눈동자 따라 보라의 감
정이 반사된다

불면의 무표정이 변두리의 닻별에 슬프게 서 있다

박차정*

나를 혁명가로 불러 다오

임철애 박철애 임철산
이름에 구애받지 않고 산 삶이지만
지금 나를 부르겠다면
아름다운 삶은 못 되더라도 역동적 이야기가 남은
눈빛이 그대로인 혁명가로

조국에게 가는 길은 아주 고통스럽고 뼈아프다
나의 몸과 마음은 조국을 위해 내어 준 시간

아버지의 억울하고 분한 자결
오빠들의 신간회와 의열단 활동보다
나를 움직인 것은 어머니의 바느질이었다
날실과 씨실이 만나야 완전한 옷감이 만들어지듯
여자와 남자가 동등할 때 세상은 제대로 돌아가고
민초와 관리자가 함께할 때 나라는 세워진다

나의 학창 시절은 철야徹夜**의 시간
거듭된 감옥살이는 굽음을 좇지 않고 올곧아지는
정신에 살을 붙이는 사건
광주학생항일운동에 이어 서울여학생운동까지
일제로부터의 해방과 여성 지위 향상을 외치는 근우
회 활동
약해지는 찌꺼기를 버리고 불꽃이 되려고 고향을 떠
났다

기억할 것인가, 잊을 것인가

반도에 있을 때 보이지 않던 것이
이방인으로 있으니 조국이
조국의 안과 밖이 더 잘 보인다

나는 글의 힘을 믿는다
진정한 동아시아의 평화를 건설하자는 호소에 응답
할 거라고

의열단 조선혁명군사정치간부학교 조선민족혁명당
조선의용대
　　나는 여자부의 교관으로 교양교육과 훈련을
　　여성도 민족 해방 운동에 함께하도록
　　만국 부녀 대회 한국 대표로
　　대한민국 임시 정부에 특사로
　　부녀복무단장으로 무장투쟁을

　　강서성 곤륜산 전투
　　어깨에 총 맞은 상처는 결렬한 변화의 시대에 대한 기
록이다
　　제국주의에 맞선 나는
　　감속 없이 앞으로만 향했다
　　시간을 나의 편으로 만들진 못했지만
　　뜨겁게 총을 든 여성 전사다

　　기억이 있을 때만 시간이 흐른다

기억의 중심은 죽음

김원봉의 아내라 의열단에 있었다 말하지 마라
나 스스로 하나의 세계를 만든 것이다

우리 어머니가 자식 입에 먹을 것 먼저 주었듯이
죽은 나를 위해 밥 짓지 마라
산 사람이 밥 굶는다

초라하지도 부끄럽지도 않은
기쁨의 순간, 순간이었다
끝없이 앞으로 나아간 나의 생生을 사랑한다

* 독립운동가(1910~1944)

** 일신여학교 교지 《일신》 2집에 발표한 소설

나는 민들레를 부른다

하얀 민들레꽃이 피었다
부서지거나 없어진 표지판을 대신하듯 경계에 핀 꽃
꽃은 견디는 중이다

민들레의 위치는 심장에 있다
끌어당기는 마음과 내어 주는 마음
잎이 뭉개지고 생채기가 생겨도
그렇게 그렇게 꽃줄기를 올리는 힘

나는 민들레를 아득함이라고 부른다

내 세상이었던 너를 잃었다
미안했다 미안하다는 말은 더는 쓰지 않으려다
많은 시간 원망하고 살았지만
뼛속 깊이 새겨진 응어리가 풀려 녹는데
단 십 분도 걸리지 않았다
숨이 달라지고 숨 때문에 움직임이 달라졌다

모두가 기피하는 일을
적극적으로 맡은 자세로 피어 있는
여기는 군대가 없다는 듯
백기를 흔들 듯
은색 털이 흔들린다

바람이 분다 갓털이 위태롭다

어느 쪽으로 갈까
미루나무 한 그루 자르는데
역사적으로 가장 비싼 값을 치른 과거
민들레는 얼마의 값을 치러야 하나
그러나 갓털이 날아가는 방향은 새로움을 향해 갈 것
이다

공동경비구역을 찾은 그녀가 손편지를 쓴다

나는 흰민들레를 아리랑 정서라고 부른다

갈낙전골

신동엽 문학관 가는 길

부여 언덕배기에서 풀 뜯던 한우
서해 앞바다 갯벌에서 놀던 낙지
굿뜨레* 양송이버섯과 박
행복식당 텃밭에서 키운 배추와 고추가 어울려
중국 대만 유학생 입맛도 사로잡는다

살아생전 한 권의 시집이
금지되면 또 나오고 금지되면 또 나오듯이
낙지 다리는 젓가락에 집히고 또 집히고

민물고기는 시인을 옭아맸지만
육지의 묵묵함과 바다의 숨김은
헐렁한 몸속을 덥힌다

차령산맥을 끼고 도는
금강이 식도를 타고 흘러온다

* 부여 특산물 상품명

햇볕 냄새가 난다

계절마다 입금되는 얼마치의 감정을 또다시 받는다. 남부교도소라고 찍힌 입금자가 보내 온 숫자가 팔랑인다. 바람의 온도가 나를 닮듯이 닮아 가는 숫자 숫자들. 익어 가는 시간을 알려 준 장기수의 편지는 삶의 끝자락까지 가 본 자의 미래 아닌 미래. 그가 삼킨 눈물을 나는 흘리고 그가 딛고 선 바다을 나는 손끝으로 살짝 넘겨 본다. 편지는 곧 숫자고 숫자는 곧 시간이고 시간은 곧 선택. 선택은 또 다른 질문인 양 괴롭고 질문은 또 다른 형량만큼 무겁고 형량은 또 다른 답변처럼 가볍다. 나는 종이 위에 글을 옮기는 일이 주소를 잘못 찾은 농밀한 슬픔을 숨기는 거라는 그의 암시를 훔친다. 빈칸은 무조건 틀에 맞게 욱여넣어야 완벽해지는 법. 그의 얼굴이 붉그레하게 되는 동안 나의 얼굴도 덩달아 홍조이다. 창문 틈새로 얼마치의 따스함이 들어온다.

모르는 척

아파요 아파요 너무 많이 아파요
마지막 소원 꼭 들어 주세요
나*도 생애에서 한 번만이라도 필요한 사람이 되고 싶
어요

오랫동안 쟁여진 문장처럼
너는 너를 버리고 너를 찾는구나

삶과 죽음이라는 변치 않는 두 점 사이에 매달려
여전히 이어지는 울음을 다름으로 삭이는구나
바깥보다 몇 도씩 떨어지는 추위 속에서도
미완이기에 잊지 못하는 첫사랑같이 따사로움을 남기
는구나
마지막 봄이라 여긴 스물다섯의 봄을 한 번 더 맛보며
선물이라 여기는구나
눈으로 귀로 살갗으로 봄을 받는구나

숨기고 애쓰는 엄마의 미세하게 떨리는 손을 잡았구나

제발 모르길 바라는 간절한 눈빛을 보아 버렸구나

아무렇지 않은 척
모르는 척

훨훨 털고 홀홀 떠나려 하는구나

겨울 속에만 있던 너라는 기억에 봄을 심어 주는구나

* 교도소에 수감 중인 뇌종양 말기 수용자. 장기 기증을 하고 싶다
고 했다.

호박침대

마을 끝 누군가 북적이며 살았던 집
냄비와 밥그릇 숟가락이 지나가는 바람 소리에도
주인의 발소리인 양 문밖으로 귀 내놓는다
저 스스로밖에 뉘일 게 없는 빈 침대
뜯겨져 나간 창문으로 환한 햇빛이 들어와 잔다
돌 틈 밭두렁 풀섶을 지나온 노숙
덩굴손 뻗어 올라간 푹신한 세계
창문으로 들어온 호박이 제 평수를 늘리는 침대
호사를 빌려 입은 호박이 누렇게 변해 간다

채소 그림이 싱싱한 박스를 깔고 한 남자가 누워 있다
때 절은 얼룩이 모여 이룬 기하학무늬가
노숙의 빛을 받아
설치 미술품처럼 누워 있다
두고 간 세간을 쓰고
침대에도 몸 뉘어 봤을
호박에게 침대를 내어 준 깊은 잠
여기저기 빈 곳 더듬었을 때 절은 덩굴손이

조용히 꿈의 세계를 쥐고 있다

꿈에서 흘러나온 악취가 마을의 몇몇을 불러왔다
한 번도 웃음이 다녀가지 않은 듯한 얼굴 위로
이불을 덮어 주는 손
꽃의 무늬들이 얼굴 밖으로 자잘하게 피고 있다
수습이 끝난 손들이 깍지를 끼고 조용하다

부여의 가을

    부여의 가을은 분주한 손길로 새벽을 깨워 산으로 올라갑니다. 배경의 일부로 산수화의 한쪽을 차지한 부부는 사선의 걸음걸이를 가진 꽃게입니다. 여백과 묵묵히 놀 듯 가을을 줍습니다. 햇빛의 무게를 등딱지로 받고 연신 움직이는 집게발의 속도는 갈수록 느려집니다. 그사이 몇 개의 발들은 어디로 갔을까요. 딱딱한 견과가 마음에서 굴러다닐 거예요. 산의 더께처럼 두꺼운 지층 사이에서 헤맨 시간 기억나지 않거나 다른 것에 흡수되어 버린 얇은 지층도 있습니다. 중력을 많이 받는 걸음이 남긴 발자국은 오히려 흔적을 덜 남깁니다. 가시 속을 잘 피하는 집게발가락. 가까이에서 보면 살 속의 생채기가 더 깊습니다. 일렁임을 안고 산에 오른 꽃게. 짠물 다 삭혀 옹달샘 만들어 놓고 조연으로 가을 산을 물들입니다. 부부의 가을도 익어 갑니다.

'흙'의 길, 사랑의 길

차성환(시인)

　이지호 시인은 연약하고 힘없는 존재들이 사라져
간 흔적들을 섬세한 눈으로 바라본다. 황폐한 내면의
풍경을 담담하고 따뜻한 필치로 그려 내면서 그 풍경
들에 숨어 있던 상처들을 보듬어 안는다. 생의 충만
한 순간들에서 멀어져 허방에 놓인 자신의 삶을 들여
다보며 무언가를 끝없이 그리워한다. 내밀한 기억들
속에서 자신이 꿈꾸던 삶의 원형을 발견하는 것이다.
『색색의 알약들을 모아 저울에 올려놓고』에는 생生의
근원으로 돌아가려는, 그리움의 힘이 담겨 있다. 그가
발견한 것은 모든 존재들을 품어 주는 '흙'의 길이다.
어둠 속에서 싹을 틔우고 발아하는 씨앗의 힘은 '흙'
에서 비롯한다. '흙'은 고통스러운 시간을 이겨 내야지
만 꽃을 피울 수 있는 대자연의 법칙을 우리에게 일깨
워 준다. 생의 고통을 감당하는 모든 존재들이 서로를
위로하며 함께 좋은 세상을 일궈 나가는 생명의 길.

대접에 청태 낀

빗물 정화수가 말라 가는, 한 집안의 내력이 곰삭아
가는 장독대

앵두가 와글와글 켜지고 있다

집 뒤란으로 불안을 데리고 오빠가 돌아왔다

뒤꼍으로 들어온 흉터

흰 천에 붉은 날들이 가끔 구겨지곤 했다

누군가를 물들이고 싶어 하던 그리움의 병

맑은 날 화투장에 우산을 쓰고 손님이 찾아오는 날
이면

기침 대신 앵두가 툭툭 떨어지곤 했다

혼자 놀다 가는 청춘

젊음이 몸을 버리는 시간 함께 맞이한 곳도 뒤란이고
내 사춘기 우울이 가장 많이 나온 곳도 뒤란이었다

바람이 물어뜯고 간 날들

사람이 살지 않는 옛집은 앞마당도 뒤뜰도 없다

핏방울 같은 앵두가 배어 나오는 담장 옆

바람에 물린 자국만 선명한 뒤꼍

어둠이 울컥 게워 놓은 앵두만 뒤란을 밝히고 있다
— 「앵두」 전문

    한 쇠락한 집의 "뒤란"에 오래된 "장독대"가 있고
그 위 "대접"에는 푸른 이끼가 낀 "빗물 정화수"가 말
라 가고 있다. 과거에 누군가가 이 가정의 안정과 복
을 위해 천지신명께 빌었던 흔적일까. 지금은 "사람
이 살지 않는 옛집"으로 "뒤란"에 "앵두"만 "와글와글
켜"져 있다. '나'는 그곳에서의 지난 기억을 떠올린다.
"한 집안의 내력"이 가진 구체적인 사연은 알 수 없지
만 이 "뒤란"에서의 일들은 "앵두"가 피던 시기에 "불
안을 데리고" 온 "오빠"와 연관되어 있는 듯하다. "뒤꼍
으로 들어온 흉터"라는 표현은 이 "뒤란"에서부터 어
떤 상처가 불거졌다는 것을 암시해 준다. 아픈 사람의
흔적인지, "흰 천에 붉은 날들이 가끔 구겨지"고 "기
침", "핏방울"과 같은 불길한 시어들이 등장한다. 아마
도 "오빠"는 "누군가를 물들이고 싶어 하던 그리움의
병"을 앓다가 젊은 나이에 세상을 떠난 것처럼 보인다.
"혼자 놀다 가는 청춘/젊음이 몸을 버리는 시간". 화
투점花鬪占을 보다가 "기침 대신 앵두"("핏방울 같은
앵두")가 "툭툭 떨어"진다는 묘사는 피를 토하는 모
습을 연상시킨다. "집 뒤란"은 '나'에게 안온한 기억을

주는 공간이 아니라 "내 사춘기 우울이 가장 많이 나온 곳"으로 과거의 고통스러운 기억을 되돌려주는 곳이다. "뒤란"은 "바람이 물어뜯고 간 날들"의 연속이었다. "앵두"는 이 모든 것을 다 지켜보았다는 듯이 지금도 생생하게 빛을 발하고 있다. 사람들이 떠난 황폐한 "뒤란"의 풍경과 선명한 붉은빛의 "앵두"는 극적으로 대비된다. "어둠이 울컥 게워 놓은 앵두"는 "뒤란"에서 겪은 고통스러운 기억을 뚫고 자란, "누군가를 물들이고 싶어 하던 그리움의 병"을 체현한 사물로서 드러난다. 역설적이지만 고통을 혼자 감내해야 하는 시간들은 "누군가를 물들이고 싶어 하던 그리움의 병"을 낳게 한 것이다. "앵두"는 상처의 흔적이기도 하지만 "그리움의 병"이기도 하다. 가족에 대한 그리움이자 자신의 아픔을 나눌 수 있는 "누군가"에 대한 그리움이다. '나'는 자신의 기억 속 상처를, 고통스러운 시간을 마주하며 이 "뒤란"의 "시간"을 쓸쓸하지만 담담하게 회고하고 있다. '뒤란의 시간'은 "한 구멍에서/허우적거리며 지낸"(「하의의 날들」) 고통의 시간이었을 것이다. 우리 모두에게도 대면하기 힘든, 가슴 아픈 시간들이 있다. 이 시는 우리가 마음 한편에 감춰 놓은 '뒤란의 시간'을 피하지 말고 용기 있게 바라볼 것을 요청한다. 「앵두」는 아프고 고통스럽지만 자신의 상처를 마주하고 섬세하게 바라보는 시선이 돋보이는 작품이다.

오로지 손을 지켜라

한 집의 내력을 간직한 벽 이곳에 살았던 사람들이 미처 챙겨 가지 못한 한 시절이 고미술처럼 누런빛을 띠고 있다 ㄱ ㄴ으로 시작된 출발이 한쪽에서는 문장으로 완성되어 있기도 하다 아이는 꽃을 좋아했나 보다 잃어버린 엄지장갑 한 짝은 귀퉁이에서 먼지에 싸여 있다

소란스런 수화가 꽃과 꽃 사이를 채웠다 또래와 숨바꼭질보다 꽃을 그리며 술래가 된 아이는 꽃 하나하나 찾아내어 그렸다 가족의 이야기로 기둥을 세우고 침묵으로 지붕을 덮었다 꽃밭 군데군데 땀을 담아 놓은 웅덩이에 소금쟁이가 놀고 있다

그릇 하나 없고 가스도 끊어져 빈집 같지만 한 가정의 북적이던 시절을 남기고 간 이사 엄지장갑은 가려운 곳을 긁기에는 버겁다 말끔히 봉합될 한 시절의 꽃밭에 나비도 날지 않고 앉아 있다

꽃밭 속 나약한 소녀가 더 힘없는 밖의 동물 한 마리를

보고 있다

조용해진 꽃밭
비로소 빈집이 된다
―「조용한 꽃밭」 전문

이사를 와서 새로 살 집에 들어가게 되면 그전에 살
던 사람들이 남기고 간 흔적들을 볼 수 있다. 때로는
낯설기도 하지만 사람들이 살아가는 모습이 크게 다
르지 않기에 친근하기도 한 흔적들. 「조용한 꽃밭」은
텅 빈 집의 쓸쓸한 풍경을 들여다보면서 이 집을 떠난
사람들의 삶을 추적한다. "모든 기억은 빈자리에 있
다"(「에필로그」). "이사"를 간다고 하더라도 "미처 챙
겨 가지 못한 한 시절"이 있을 것이다. 예를 들면, 이
집과 함께했던 추억들. "잃어버린 엄지장갑 한 짝". 아
이가 벽지에 낙서한 그림들. "한 집의 내력"이 "고미술
처럼 누런빛을" 띤 채 "벽"에 새겨져 있다. "아이"는 한
글을 배우는 모양이었는지 "ㄱ ㄴ"자도 발견된다. "오
로지 손을 지켜라"는 "문장"도 이 "벽"에서 발견한 듯
하다. 무슨 뜻일까. "벽"에 그려진 "꽃밭" 그림을 유심
히 보다가 "아이"가 청각 장애인임을 깨닫게 된다. "꽃
과 꽃 사이"에는 "소란스런 수화"가 채워져 있다. 아마

도 "아이"는 "또래"들과 쉽게 어울리지 못하고 방에서 혼자 "벽"에 "꽃을 그리며 술래가" 되었을 것이다. "가족의 이야기"도 "벽"에 그리면서 시간을 보냈을 "아이". 이곳에 살던 사람들이 떠난 자리에는 "조용한 꽃밭" 그림만 남아 있다. "꽃밭 속 나약한 소녀가 더 힘없는 밖의 동물 한 마리를 보고 있"는 그림은 "아이"가 자기 자신의 모습을 묘사한 것처럼 보인다. 소리를 듣지 못하는 "아이"의 슬픔이 배어 나온다. 어린 "소녀"는 "빛의 옹알이가 모여 있는 집"(「소리의 집」)을 꿈꾸었을 것이다. 이 "집"에는 "한 가정의 북적이던 시절"이 "침묵"으로 가득 채워져 있다.

   이지호 시인은 사람들이 떠난 후에 남겨진 빈 공간을 포착하는 감각이 남다르다. 과거에 누군가 살았던 공간을 애틋하게 바라보며 그곳에 숨은 이야기들을 조심스럽게 꺼내 보여 준다. 그것은 곧 우리가 살아가는 삶의 이야기이다. 살아가는 것은 그리움에 시달리는 일일지도 모른다. 지금은 내 곁에 떠나고 없는 것들을 항상 그리워하며 살아간다. 이 그리움이 사라져 가는 풍경들에 자꾸 눈길이 가는 이유일 것이다. 인간은 "삶과 죽음이라는 변치 않는 두 점 사이에 매달려"(「모르는 척」) 생의 근원에 대한 갈증으로 알 수 없는 그리움에 시달리는 존재이다.

지층에 지층이 포개진다
서로 다른 살의 감촉을 받아들여야 하는 일은
고단한 작업이 될 것이다

내 몸에서 일남일녀가 빠져나가고
파릇파릇하던 스무 살이 빠져나가고
너무 많이 닳아 버린 것
그 어떤 흙도 빈 갯지를 채우지는 못할 것이다

밤을 풍성하게 하던 개구리 울음이 멈추고
내 피를 한 끼 식사로 먹어 치운 거머리가 떠났다
친구와 꽃반지의 추억을 만들어 준 토끼풀이 마지막
기억을 붙잡고
새로운 이력의 매트릭스를 자청한다

수직의 도시에 그림자는 수평이다
땅의 기운을 받았던 사람들은 이젠 흙을 잃어버리고
하늘의 기운만 받으려 휘청휘청 흔들린다
한때 땅이었던 하천을 덮고 담장을 세우고
검은 그림자가 그 자리에 눕는다

흙은 주말 농장에나 있고

검은색에 자리를 빼앗긴 사람은 허공에서

옷을 입고 음식을 먹고 휴식을 취한다

여유롭던 허공이 바빠진다

수직으로 다 몰려가고 수평은 빈곤으로 좁다

17층 허공의 침대에 누워 흙을 받는다

흙길이 그리운 나는 몸에 흙의 길을 낸다

푸른 모의 기억이 내 살갗에 스며든다

흙이 원한 건 숨 쉬는 것을 키우는 것이리라

허공에서 지하의 땅기운을 끌어온다

떠났던 것들이 돌아와 소리로 가득 메워지는 객토

아이들의 깔깔깔 웃음소리가 싱싱한

점점 다른 내가 나를 채워 가듯

다른 것들이 나를 메운다

한 시대의 연대기가 새로 쓰인다

—「흙 받습니다」 전문

'나'는 자신의 몸을 "빈 객지"로 바라보고 있다. 말
그대로 "망명정부 같은 나의 몸"(「울음이 지극하다」)
이다. 생生의 근원에서 멀어져 낯선 곳에 놓인 '나'의

삶은 본향이 아니라 타향의 것이다. 남들이 살아가는 방식대로 숨 가쁘게 달려온 도시의 삶 속에서 '나'는 '나' 자신이 "너무 많이 닳아 버린 것"을 깨닫게 된다. 어린 시절, 고향에서의 삶은 자연과 함께한 "풍성"한 시간들이었다. "개구리 울음"과 "거머리", "토끼풀"로 함께 "꽃반지"를 만들었던 "친구". 그러나 지금의 '나'는 빌딩들이 가득한 "수직의 도시"에 아파트 "17층 허공의 침대"에 누워 있다. 도시의 사람들은 우리 생의 근원인 "흙을 잃어버리고" 자본주의 시대가 부추기는 안락한 삶을 쫓아 맹목적으로 살아간다. "땅"에서 점점 멀어지는 삶은 "하천을 덮고" 자연을 파괴한다. "담장을 세우"면서 소유를 구분하고 차별을 강요한다. 도시가 지향하는 "수직"의 삶을 살아가는 사람들은 경쟁적으로 더 좋은 "옷"과 "음식", "휴식"에만 몰두한다. "주말 농장"에서나 볼 수 있는 "흙"은 자연의 신성한 힘을 잃은 지 오래이다. "검은 그림자"가 지배하고 있는 도시에서 허울뿐인 껍데기와 같은 삶을 살아가는 자신을 반성하고 있는 것이다. 이러한 각성은 '나'의 삶을 "흙"이 숨 쉬는 본향 쪽으로 몸을 돌리게 만든다. "머무는 이곳보다 머물고 싶은 그곳이 그립다"(「둥근 인연」). "흙길이 그리운 나는 몸에 흙의 길을" 내면서 생의 근원적 힘을 되찾으려고 애쓴다. 우리의 몸은

"흙"에서 나고 "흙"으로 돌아가기에 생래적으로 "흙의 길"을 알고 있다. "흙"에 뿌리를 내고 자라는 "푸른 모" 와 마찬가지로 인간 또한 생의 토대인 "흙"을 기반으로 하는 삶의 형태를 분명히 "기억"하고 있다. 내 몸에서 "흙"의 기운을 일깨우자 그동안 잃어버린 것들과 "떠 났던 것들이" 다시 내게로 돌아온다. 고향의 유년 시 절 "아이들의 깔깔깔 웃음소리가 싱싱"하게 되살아나 면서 '나'는 "흙"의 기운으로 충만해지는 것이다. '나'는 삭막한 "도시"의 삶을 멈추고 그동안 잃어버렸던 "흙" 의 건강한 삶을 회복하고자 한다. "빈 객지" 같은 내 몸 위로 "흙"이 채워지면서 새로운 삶을 살아갈 수 있 는 가능성이 열리는 것이다. "지층에 지층이 포개"지 듯이 이전의 익숙한 "도시"의 삶을 "흙"의 삶으로 바꾸 는 것은 "고단한 작업이 될 것이다". 하지만 모든 생명 을 품어 주는 "흙"의 힘을 믿는다면 지금 우리가 살아 가는 "한 시대의 연대기"는 분명 다시 새롭게 쓰일 것 이다. 여기 "흙"의 힘을 기억하는 자들이 있다.

> 비닐로 봉해져 있던 겨울 창문에도
> 물이 오르는 철, 가로수마저 봄옷으로 차려 입고 있다
> 하물며 발가진 것들, 치매며 중풍이며
> 술병까지도 다 불러내는 봄

고만고만한 노인 셋이 버스에 오른다
마치 그림자나 입을 법한 옷의 노인들을 거둬 담은 시
골버스
덜컹거리는 저 느린 속도에도 늙어 가는 것이 있다
왁자한 소리만 치자면 만원버스다
흰소리 가득 실은 마을버스 안
노인들의 신발에 흙이 묻어 있다
평생 그림자처럼 달라붙은 흙
그냥 지나치는 정류장처럼 가까운 친구는 다 떠났다
잠시 정지된 풍경은 이런저런 그림자로 꽉 차 있고
마을의 빈집처럼 드문드문 비어 있는 좌석
요란하게 흔들리는 저 손잡이를 잡을 수 있는 근력이
이제 없다

가벼운 발걸음 더 멀리 간다
주저함 없는 흙 묻은 신발
그래도 셋이서 가는 봄날 나들이다
— 「노인들」 전문

「노인들」은 사람들이 떠나가고 노인들만 남은 농촌
의 풍경을 쓸쓸하지만 정겹게 그려 내고 있다. 봄기운
이 완연한 어느 날 "노인 셋"이 "버스"를 타고 "봄날 나들이"를 간다. "봄"은 모두에게 공평해서 "겨울 창문"
이나 "가로수"뿐만 아니라 "발가진 것들, 치매며 중풍
이며/술병까지도 다 불러"낸다. 농촌의 "시골버스"는
볼품없는 촌로村老를 태우고 매끈한 아스팔트 길이 놓
인 도시의 속도와는 다른, 비포장도로의 "덜컹거리는
저 느린 속도"로 달려간다. "노인들"은 서로 "왁자한 소
리"로 이야기를 나누면서 이 "봄날 나들이"를 만끽한
다. 사람들이 대부분 떠난 농촌마을이기에 탈 사람이
없어서 "그냥 지나치는 정류장"도 많다. "시골버스"는
"마을의 빈집처럼" "드문드문" "좌석"도 비어 있다. "노
인들"은 "요란하게 흔들리는 저 손잡이를 잡을 수 있
는 근력"도 없지만 오랜만에 나선 "봄날 나들이"에 "발
걸음"이 가볍다. "노인들"의 "흙" 묻은 "신발"은 "평생"
을 시골의 "흙"을 밟으며 살아온 그들의 삶을 엿볼 수
있게 한다. "봄날 나들이"를 가는 "노인 셋"이 얼마 남
지 않은 생生의 시간을 서로에게 기대고 의지하며 걸
어가는 모습에서 우리는 희망을 읽어 낼 수 있을 것이
다. "늙어 가는 것", 즉 소멸하는 운명을 가진 것들이
품은 쓸쓸함의 정서가 시의 배면에 짙게 깔려 있다.
"양지쪽에 쭈그려 앉아 담배 피우고 방 안에서 들려
오는 내기 바둑과 점 오십 원 화투의 냉혹한 승부 세
계도 처연하게 아름다운 문화재 같은 사람들." "소가
갈던 밭도 없어지고 소를 길들일 사람도 없다. 후계자
도 없이 한 시대의 밭고랑이 사라지고 있다."(「지방무

형문화재 제29호」) 그리고 그 속에는 "노인 셋"이 작지만 소박하고 따듯한 공동체를 만들어 가는 모습이 감동적으로 담겨 있다.

이지호 시인이 그리워하고 갈망하는 것은 바로 이러한 작은 공동체. 농촌의 풍경을 그리고 있는 다른 시, 「은산상회」에서 쇠락해 가는 시골 마을을 지탱하고 있는 중심부는 "은산상회"의 "허름한 파라솔과 평상"이다. 그곳에는 "흙 묻은 장화들"과 "빈 막걸리 병들"이 늘어서 있고 "젖어 있는 노인들"이 "구수한 입담"과 "맞장구"로 "시끌벅적"하다. 도시 문명의 속도와 자본의 가치가 힘을 쓸 수 없는 곳이다. 사람이 사람과 함께 어우러지는 생生의 활력이 그곳에 있다. 그는 상처 입고 소외된 사람들이 서로의 품에 기대어 웃을 수 있는 세상을 꿈꾼다.

　　배롱나무에 열매로 매달려 있던 알주머니 터지면서 새끼 거미가 씨앗처럼 쏟아져 나온다

　　놀란 공중, 흔들리는 사방의 풍경으로
　　기어 나와서 흩어지는
　　씨앗에 발이 달린다는 것
　　숲의 곳곳을 옮겨 다닐 씨앗을 본다

포대 속 발 달린 씨감자가 쏟아진다

아니, 발은 없고 눈만

잠자는 기간에 몰려든

울컥 돋아나는 눈들

어느 방향에 발을 낼까 고민했을

아마도 눈은 제 스스로 뜬 것이 아닐 것이다

땅 위의 모든 발에겐 독촉이 있었을 것

씨앗이란 이름에는 탈피라는 말이 있다

발이 사라질 때쯤 열매가 되는

숲은 붐빌 것이고 발은 풍성해질 것이다

발이 가득한 씨앗이 만든 마을

어둠에서 눈을 틔우고 있다

—「씨앗의 발」 전문

"배롱나무"의 "열매"와 거미의 "알주머니"는 서로
닮은꼴인가 보다. 시인은 "배롱나무에 매달려 있던"
거미의 "알주머니"가 터지는 것을 보고 "새끼 거미가
씨앗처럼 쏟아져 나온다"고 표현하니 말이다. 식물의
씨방이 터지면서 포자들이 흩어지는 모양처럼 "새끼

거미"들이 "사방의 풍경으로/기어 나와서 흩어"진다. 그 모습을 지켜보다가 "씨앗에 발이 달"려 있다는 참신한 발상이 떠올랐을 것이다. 마치 살아 있는 것처럼 "발"을 달고 "숲의 곳곳을 옮겨 다닐 씨앗". "씨앗"에도 "발"이 있다! 이제 세상이 달리 보인다. "포대 속" "씨 감자"에 막 터져 돋아난 "눈"도 "발"처럼 보이는 것이다. 여기서 "발"은 "씨앗"이 가진 생명의 운동성을 상징한다. 생명을 피우고 일궈 내라는 대자연(흙)의 "독촉"이 "씨앗"의 몸 바깥으로 "발"을 뻗게 만든다. "씨앗"이 이동을 멈추고 "발"이 사라지면 그곳에서 생명이 탄생하기 시작한다. "떠도는 것이 멈춘 자리에 풀이 돋는다."(「풀씨」) 우리가 살아가는 "마을"도 모두 이 "발이 가득한 씨앗"에서부터 비롯된 것이다. "숲은 붐빌 것이고 밭은 풍성해질 것이다". "씨앗"은 죽음과 같은 "어둠"을 뚫고 생명의 힘으로 "발"과 같은 "눈"을 틔우는 것이다. "씨앗"은 죽은 듯이 보이는 자신의 몸을 벗고 "탈피"해야지만 비로소 뿌리를 내리고 줄기를 세우고 꽃을 피워 "열매"를 맺을 수 있다. "씨앗"은 썩어야지만 한 생명으로 오롯이 설 수 있는 것이다. 씨앗이 어둠을 깨고 싹을 피워 내듯이, 상처로 가득한 "뒤란"의 시간을 이겨 낼 때 우리의 삶은 꽃필 수 있다. 풍성한 생명의 "마을"을 이루기 위해서는 "씨앗의 발"

이 필요하다. 작은 "씨앗"보다도 더 작은, "씨앗"에 달린 "발"에서 생명이 시작된다. 이는 곧 대자연이 가르쳐 주는 생명의 법칙이다. 자기 증식과 탐욕에만 열을 쏟는 도시의 불모지에서는 볼 수 없는, '흙'이 일러 주는 생명의 길이다. 그리고 이 '흙의 길'은 바로 자기희생으로 새싹을 발아시키는 "씨앗"을 온몸으로 품어 내는 사랑의 길이다. "씨앗"은 얼마나 기쁠 것인가.

이지호 시인은 생의 근원으로 육박해 들어가려는 뜨거운 열망을 가지고 있다. 자신의 몸에 흙의 길을 낸다. 그는 "근원을 이해한다는 듯 눈물이 고인 암소의 눈"(「지금 암소는」)을 가지고 있다. 외롭고 소외된 사람들의 내면을 섬세하게 들여다보면서 이들이 함께 공존해서 살아갈 수 있는 따듯한 "마을"을 꿈꾼다. "사람이 사람의 마음으로 살던 시간"(「정체성」)을 그리워한다. "자고 나면 돈을볕과 창문 틈에 와 있는 샛바람 잎이 오고 꽃이 오고 벌이 오고 열매가 오고 먼 곳에서 내 주위로 비릿한 냄새를 풍기며 굽이굽이 찾아오는 것들"(「야간 배송」)을 기다린다. "애끓는 마음 안으로 안으로 삭여야 하는 붉은 향기"(「걸음의 문양」)를 품고 "단 한 사람을 위해 지어진 창//마음을 뽑아 가장 높은 곳에 걸어 둔다"(「홀씨의 누각1」). 이지호 시인은 자신의 몸에 흙의 길을 내어 뭇 생명을 품어 내는 사랑을 실천하는 이다. 이제, 흙의 길이 곧 사랑의 길임을 알겠다. 그로 인해서 우리가 사는 "마을"은 온통 환해지고 외로운 사람 하나 없이 서로의 품에 기댈 수 있으리라.

색색의 알약들을 모아 저울에 올려놓고

2021년 8월 30일 1판 1쇄 펴냄

지은이	이지호
펴낸이	김성규
편집	김은경 조혜주 김도현
디자인	김동선
펴낸곳	걷는사람
주소	서울 마포구 월드컵로16길 51 서교자이빌 304호
전화	02 323 2602
팩스	02 323 2603
등록	2016년 11월 18일 제25100-2016-000083호

ISBN 979-11-91262-59-9 04810

ISBN 979-11-89128-01-2 (세트)

* 이 책은 한국문화예술위원회의 2014년도 아르코문학창작기금을 받았습니다.
* 이 책 내용의 전부 또는 일부를 재사용하려면 반드시 지은이와 출판사의 동의를 얻어야 합니다.
* 잘못된 책은 교환해 드립니다.